한국 희곡 명작선 159

오장군의 발톱

한국 희곡 명작선 159

오장군의 발톱

박조열

평민사

박조열

오장군의 발톱

등장인물

오장군
어머니
꽃분
먹쇠
집배원A
집배원B
동쪽나라 신병훈련소 교관
동 조교A, B
동 기관총수
동 군의관
동 인턴
동 간호장교
동 인사장교
동 훈련병A, B, C, D 외 다수
관리A
관리B
관리C
운전병
동쪽 나라 야전군 사령부 사령관
동 전속부관
동 정보참모
동 작전참모
동 수색 중대장
동 수색중대 상사
동 참모장교 다수
동 영현 하사관 및 병사 수 명
서쪽나라 야전군 사령부 사령관
정보장교(나무A)
동 중사 (나무B)
동 하사 (나무C)
동 병장 (나무D)
동 상병 (나무E)
동 포병 관측장교와 관측병
돔 헌병장교와 헌병 수 명
동 참모장교 다수
고향의 걸어다니는 나무들과 짐승들

무대화를 위한 작자의 협조

– 연기, 연출, 무대미술, 의상에 대하여–

1. 가장 중요한 것은 동화적 상상력이다. 여기서는 태양이 웃고, 나무가 걸어 다니고, 소가 인간을 사랑한다.

2. '오장군'은 '장군'이 아니다. 한국인으로 단정하는 것도 잘못이다. 아들이 태어나면 '장군'이라는 아명으로 부르면서 건강하고 고명한 대장부로 성장하기를 바라는 우리나라 부모들의 미소로운 욕심에서 발상을 얻었을 뿐이다.

3. 오장군은 몹시 가난한 소작인의 외아들로 태어났다. 군에 징집되기 전까지는 집에서 사방 십 리 밖으로 나가본 적이 없고, '별을 보며 밭에 나가고 달을 보며 집에 돌아오는 삶'밖에는 몰랐다. 그가 아는 어휘가 극히 적은 것은 당연하다.

4. 군 복무 중, 오장군의 행적은 자신에게는 비극이었지만 타인에게는 소극의 연속이었다. 그는 소위 '사고뭉치', 또는 '고문관'이라는 별명으로 불린 최초의 병사였을 것으로 짐작된다.

5. 오장군이 참전한 시기는 쌍발 프로펠러 추진식 폭격기가 출현한 1920년대 후반기에 해당된다. 그가 출전하기 직전에 찍은 기념사진을 보니 철모는 프러시아 군대를, 군복은 일본의 제국 군대를 닮은 데가 많았다.

6. 수십 명의 등장인물 중, 오장군을 빼고는 몇 가지 역을 겸할 수 있고, 또 그러기를 바란다.

7. 오장군, 그의 어머니, 그의 약혼녀를 제외한 인물들은 예외 없이 늘 약간 찡그린 표정을 지으면 효과적일 것이다 그들의 복장은 물론, 모든 무대장치는 동화적인 단순성과 과장, 그리고 시대적·공간적 거리감을 함께 표현할 수 있어야 한다.

제1경 감자밭

칠흑 암울한 클라리넷의 멜로디… 그 멜로디를 찾아가듯이 한 줄기의 빛이 정화되면서 무대를 가로지른다.

흑회색 차림의 클라리넷 주자와 여인이 그 빛을 따라 무대를 지나간다. 무대 가운데쯤에서 멈추더니 호리즌트 쪽을 바라본다.

중얼거리듯 하는 흐느낌 소리가 들린다. 두 사람은 잠시 그 소리를 듣는다. 여인. 울음소리를 달래듯이 낮게 구음을 시작한다.

클라리넷이 구음을 받쳐준다. 두 사람 호리즌트와 관객 쪽에 동정을 구하듯 하는 시선을 보내고 나서 무대의 왼쪽 가에 가서 등에 지고 있던 의자에 앉는다.

두 사람, 앉음새를 가다듬는다. 클라리넷 주자 호리즌트로 향해서 한결 높은, 주술스러운 짧은 멜로디를 연주한다. 그 소리에 점화되듯 호리즌트에 해가 떠오른다. 육안으로 느끼는 것보다 다섯 배나 더 크다.

무대는 해와 더불어 밝아졌다. 클라리넷 주자와 구음자는 말없는 내레이터이며, 요술쟁이이며, 이 연극을 위한 연주자이며, 관극자이기도 하다. 등장인물들은 물론 두 사람을 볼 수 없다. 두 사람은 원칙적으로는 시종 그들의 정위치를 지켜야 한다.

요술의 멜로디가 계속되자 빈상의 나무 세 그루가 미끄러지듯이 나타나서 제 자리에 선다. 꽃들이 아장걸음으로 뒤따르더니 나무 주위에 다소곳이 앉는다. 암캐와 수캐가 치근거리면서 오더니 서로 애무를 시작한다. 늙은 고양이가 개들의 수작을 보고 멈칫 이

내 못 본 척하면서 지나가다 말고 슬그머니 심술이 나서 정 떨어지는 목소리로 "야옹!"….

개들이 깜짝 놀라서 한 길쯤 솟아오르고 나서 도망친다. 음치스런 오장군의 노래가 다가온다.

오장군 (노래, 노동요 가락)
    엄마야 엄마야
    울 엄마야
    무엇할라고 날 낳았소
    날라면은 잘 낳던지
    어정쩡 낳아놓고 고생만 시키오
    날만 새면 일을 하니
    내가 무슨 황소 아들인가 아으아으아으아…
    (어깨에 메고 있던 쟁기를 내동댕이치려다 말고 얌전히 놓고 뒤돌아보며) 저것이 또 처졌네. 야! 먹쇠야! 빨리 좀 와다우.

무대 밖에서 방울 소리가 들리더니 소가 나타난다. 먹쇠는 소 이름이었다. 먹쇠는 두 발로 걷는다는 것 말고는 매우 사실적이다. 목에 방울과 쟁기용 멍에를 걸치고 있다. 쥐고 있던 회초리를 주인에게 바친다.

오장군 (회초리로 때리는 시늉만 하면서) 너! 요새 굼떠졌어. 너두 봄을 타는 거니? (먹쇠 당연한 소릴 하는구나 투의 표정으로 관객 쪽을 흘끔 본다) 하긴 사람만 봄을 타리란 법이 없지. (쟁기와 멍에를 연결시키면서) 엄마가 그러는데, 옛날 한 옛날에는 짐승들도 사람처럼 말을 할 수가 있었다더라. 너, 오줌 안 눌래? 난 오줌 눠야겠다. (나무에 대고 배뇨하면서) 한 옛날엔 나무들도 말을 할 수가 있었다는 거야. 이 나문 13대 선조 할아버지께서 심으신 거래. 그땐 이 나무도 말을 할 수가 있었을는지도 모른다. 한 옛날처럼 너두 말을 할 수 있다면 얼마나 좋겠니?

먹쇠　뫼에에에…. (안타깝다는 듯이 가슴을 친다)

오장군　(다른 나무로 옮겨가면서) 그래두 넌 들을 수 있으니 그나마 다행이야. 대장간 집 아저씬 듣지도 못하지 않니. (사타구니를 내려다보다가) 어! 으아 큰일났네!

먹쇠　… ?! (뛰어간다)

오장군　봐! 빨갛게 부었지? (먹쇠, 머리를 처박듯이 들여다본다) 너 눈이 나쁘구나, 이제 보니… (먹쇠 끄덕인다) 어젯밤에 빈대한테 물린 자리야.

먹쇠　(머리를 들고 오장군을 빤히 쳐다보고 나서 화난 듯한 몸짓으로 제자리로 돌아간다)

오장군　하필이면 거길 물어 가지구…. (잠시 뭐가 상상하는 표정. 느닷없이 킬킬 웃어댄다)

먹쇠　….

오장군　내가 왜 웃는지 궁금하지? 꽃분이 생각이 나서 그러는 거야. 꽃분에게 이 얘길 하면 어떤 얼굴을 지을까, 하구 생각

하니까 말이야. (제풀에 또 웃어대다가) 먹쇠야, 넌 우습지도
않니?

먹쇠 (힐책하듯이 오장군의 가슴을 툭 친다)

오장군 어우! 야, 니 주먹은 무쇠 덩어리처럼 단단하다는 걸 또
잊었니? 살짝 건드리기만 해두 멍이 든다구 귀에 못이 박
히도록 일러줬는데. 조심해! 게다가 사람이든 짐승이든
남자들은 거칠은 여잘 싫어한다는 걸 알아야 해. 니가 손
이 거칠다는 소문이 동네 총각 소들에게 퍼져봐 넌 평생
시집 못 간다.

먹쇠 (고개를 떨군다)

오장군 그렇다구 그렇게 풀이 죽을 것까진 없어. 니가 손이 거칠
다는 건 나만 아는 비밀이니까. (먹쇠의 어깨를 쳐준다) 자아!
그럼 이제부터 슬슬 감자밭 갈이 시작하자!

소와 장군은 잠시 워밍업.

오장군 (가락을 붙여서) 이랴 가자 먹쇠야… 아니야, 이쪽이야… 옳
지 옳지… 좀 더 빨리 가자… 너무 빠르다… 옳지 옳지…
(종달새 소리. 하늘을 쳐다보며 노동요 가락)
종달새야 종달새야
니 목소릴 들으면 꽃분이 생각난다
니 목소린 언제나 간지러워
종달새야, 종달새야

꽃분아, 꽃분아, 아아…

(길게길게 끝소리를 끄는데, 멀리서 수소 우는 소리. 먹쇠가 우뚝 서며 귀를 기울인다) 누가 서라고 했어. (또 수소 우는 소리) …! 오라, 너 꽃분이네 총각소가 우는 소릴 듣고 있구나, 그러고 보니 너…? (쟁기를 놓고, 먹쇠를 이리저리 살펴본다) 으음, 그래애, 너두 이제 정말 시집갈 때가 됐구나. 궁뎅이가 함지만 해 가지구. (먹쇠 엉덩이와 가슴을 한껏 과시한다) 알았다, 알았어. 난 아직도 니가 덜 자란 줄로만 알았어. 그렇담 너두 어서 시집을 가야지. 한데… 하지만 말이다… (감자밭을 둘러보면서 잠시 생각에 잠긴다) 이 감자밭을 다아 갈려면 닷새는 걸릴 거야. 하루를 푹 쉬고 나서 그다음에… 그럼 이레째 되는 날에, (놀라듯하며) 안 돼! 이레째 되는 날은 우리 아버지 제 삿날이야. 제삿날에 그런 짓하면 부정 타지.

먹쇠   뫼에, 뫼뫼뫼에. (왜 부정 탄다는 거냐—라고 말하듯하는 리듬이다)

오장군   왜 부정 타느냐구? 야아 너 정말 짐승 같은 소리 하는구나.

먹쇠   뫼뫼뫼! (날 모욕하지 마)

오장군   … 하긴 네게까지 우리 아버지 제삿날을 정하게 지내랄 수 는 없지. 좋아 그럼 우리 아버지 제삿날에 시집 보내주마.

먹쇠   (껑충 뛰며) 뫼에.

오장군   그 대신 너 열심히 일해줘야 한다.

먹쇠   뫼에.

먹쇠, 신이 나서 주인이 명령하지도 않았는데 혼자서 밭을 갈기 시작한다. 오장군 쫓아간다. 꽃분이네 수소가 "뫼에!" 먹쇠의 화답. 반복… 클라리넷이 오장군을 부추긴다. 구음자. 밭갈이요를 도창하듯 소리를 낸다.

오장군   (도창을 따르며 가락을 붙여서)
이랴 먹쇠야 빨리 가자아으으아…
얼른 얼른 돌아가자 아으아으아…
한눈 팔면 사팔뜨기 된다 으아으아…
해는 벌써 한나절 됐구나 으아으아…
빨리 갈구 점심 먹자 아으아으아…

오장군의 노랫소리는 두 음악가의 연주와 조화 않는다. 둔중스런 폭격기 편대음이 들려온다. 구음자의 소리가 사그라지고, 클라리넷 주자도 연주를 멈춘다. 오장군과 먹쇠도 불안스레 하늘을 쳐다본다. 편대음은 마치 대지를 잔인하게 압사하듯이 천천히 지나간다. 인간과 소는 편대음이 멀리 사라질 때까지 꼼짝 않고 주시한다.

오장군   망할놈들! 꼭 우리 마을 위로만 지나간단 말이야! 잘못해서 폭탄을 떨구기라도 하는 날엔 우린 어떻게 되는 거야! (침묵, 상상) … 수웃, 쾅! (침묵, 상상) … (사방을 크게 손 젓고 나서) 조심해애! 이 망할놈들아아…

먹쇠   뫼뫼에! 뫼뫼뫼에! (조심해! 망할 놈들애!)

어머니 (함지를 머리에 이고 등장하다 말고) 하늘에 대고 그런 쌍소리 하는 게 아니야.

오장군 하늘에 대고 하는 게 아녜요. 비행기에 대고 하는 소리에 요. 잘못해서 폭탄을 떨구면 우린 박살날 것 아녜요. 논밭 두 엉망이 될 거구요.

어머니 너 아직 산 너머 마을의 소문을 못 들은 게로구나.

오장군 무슨 소문요?

어머니 산 너머 마을에 사는 어느 할아버지 한 분도 너처럼 지나 가는 비행기에다 대고 욕을 퍼부었다는구나. 아 그랬더니 비행기에 탄 군인이 그 소릴 듣구 밧줄을 타구 내려와서 는 그 할아버질 인사불성이 되도록 두들겨 패구 다시 밧 줄을 타고 올라가드라는 게야.

오장군 …! (겁을 먹으면서 하늘을 쳐다본다) 누가 그럽디까?

어머니 소금장수 할아버지가 그러시드라.

오장군 에이 설마.

어머니 설마가 아냐. 얻어맞은 할아버지가 바로 소금장수 할아버 지와 사둔 간이시라는 게야. 그러니 거짓말일 리가 있겠 니? 새파랗게 젊은 녀석이드란다. 온몸에 백금처럼 빛나 는 갑옷을 걸치구… 한마디의 말도 없이 그냥 두들겨 패 기만 하더라는 게야.

오장군 (새삼스럽게 겁에 질리면서 다시 하늘을 쳐다본다)

어머니 걱정할 것 없다. 그냥 지나간 걸 봐서는 니가 욕하는 소릴 못들은 게 분명하니까. 이제부턴 비행기가 지나가더라두

못 들은 척 못 본 척하거라.

오장군   (끄덕) 엄마두요.

어머니   아암! 나두 그래야지. (함지의 보를 치우면서) 앉거라.

오장군   먹쇠야 너두 외양간에 가서 점심 먹구 와.

먹쇠   뫼에. (손을 내민다. 회초리를 달라는 뜻이다)

오장군   점심 먹구 나서 너무 오래 낮잠 자믄 안 된다. 오백 셀 동안, 아니 천, 에에라 천오백 셀 동안만큼만 쉬고 와, 오늘은 여느 날보다 일을 많이 했으니까.

먹쇠   뫼에.

어머니   오늘은 여물에 콩도 많이 삶아 넣었느니라.

먹쇠   뫼뫼뫼! (야 신난다)

먹쇠, 회초리로 재주를 부리며 퇴장. 오장군, 밥 먹는 팬터마임.

오장군   (다 먹고 나서 벌렁 누우며) 천오백 세거든 깨워주세요.

어머니   오냐. (이미 드르렁대는 아들에게) 맘 놓구 자거라. (자장가 부르듯)… 하나, 둘, 셋… (비행기 편대음이 지나간다. 그 소리에서 보호라도 하듯 목소리를 높이며 센다)

집배원이 등장한다. 키다리.

집배원   안녕하세요. 우체국에서 왔습니다.

어머니   (끄덕이며 여전히 센다) ….

집배원   오장군 씨에게 편지가 왔습니다.

어머니   (끄덕이며 오장군을 가리킨다)

집배원   (깨우려 한다)

어머니   (질색하며 편지를 내놓으라고 손짓)

집배원   (가방 속에서 두텁고 큰 징집영장을 꺼낸다)

어머니   (받아들고 본다. 문맹이다. 집배원에게 읽어 달라고 손짓)

집배원   (옆으로 째지는 입과 귀와 눈) 징집영장! 제1 국민역 오장군 귀하. 병역법 몇 조에 의하여 현역으로 징집한다. 몇 월 며칠 몇 시까지 제5지구 장정 집결지에 출두하라. 불응 시는 병역법 제 몇 조에 의하여 종신형에 처함. 제5지구 집결지는 아무 데다. 서기 몇 년 몇 월 며칠. 제5지구 모병 사령관. 서명. (잠시 위엄을 더 부리고 나서) 아셨죠?

어머니   (여전히 세며 끄덕, 알 리가 없는데도)

집배원   내일까지 집결하라는 명령입니다. 아셨죠?

어머니   (잠깐 생각하더니 모른다고 가로젓는다)

집배원   예?

오장군   (꿈틀거리며 깨어난다) 엄마!

어머니   왜 벌써 깨느냐? 이제 겨우 xx를 세었는데… 더 자거라.

오장군   꿈을 꿨는데 말야, (하다가 집배원을 보고) … 엄마 저 사람 누구야?

어머니   우체국이란 데서 왔다는구나.

오장군   우체국이요? (이내 무관심해지며) 엄마, 꿈에 내가 군인이 돼가지구 전쟁에 나갔지 뭐야!

어머니	넌 잠이 들었다 하면 개꿈을 꾼다니깐. 어서 더 자거라.
오장군	어유 무서워! 이만한 대포알이 위잉 소리를 내면서 번개 같이 날아오더니 내 입속으로….
어머니	듣기 싫다. 그보다두 애, 이걸 저 나리께서 가져왔다. 난 도무지 무슨 소린지….
집배원	오장군 씨. 당신은 정말 군에 입대하게 됐습니다. 그건 바로 군대로 나오라는 명령섭니다.
어머니	뭐, 뭐요?
오장군	(읽는다)
어머니	애, 정말이냐?
오장군	아마 그런 말인가 봐.
어머니	아유 이를 어째! 그렇담 그 편질 받지 말아야 하는 건데. (편지를 빼앗아서 집배원에게 내밀며) 나 이 편지 안 받겠수.
집배원	그렇잖아두 어느 마을에서건 징집영장을 안 받을려구 억지를 부리는 엄마가 꼭 한두 사람 있답니다. 자, 여기에 손도장을 찍어요.
오장군	(엄지손가락으로 찍는다)
집배원	(관객을 향해서) 꼭 내 엄지발구락 만하군. (징군과 엄마에게) 20년 전에 서쪽나라와 전쟁이 벌어졌을 땐 나도 출전했었죠. 난 키가 큰 덕에 중대 연락병으로 뽑혔습니다. 전쟁이 끝날 때까지 난 중대 지휘소와 대대 지휘소 사이를 3,365회나 왕복했습니다. 난 참 운이 좋았죠. (손가락으로 몸의 여기저기를 총알이 지나가는 흉내를 내면서) 총알이 한 번은 여기를

스쳐 지나가고 또 한 번은 여기를 스쳐 지나가고, 또 한 번은 여기를 스쳐 지나가고 또 한 번은 여기를 스쳐 지나갔어요. 하지만 난 여지껏 우리 어머니에게만은 이 얘길 안 했습니다. 어머니가 이 얘길 들으면 얼마나 놀라겠습니까? (마치 그리운 옛날을 회상하듯한 자세로) 그 전쟁 때 생각을 할 적마다 나는 꿈꾸는 듯한 기분이 되곤 하죠. (손가락으로 총알이 여기저기를 지나간 흉내를 되풀이하고 나서 오장군과 엄마의 존재를 잊어버린 듯 휘적휘적 나간다)

어머니   (멍해 있다)

오장군   엄마, 나 꽃분이한테 알리고 올게.

어머니   이럴 줄 알았으면 진작에 꽃분이한테 장가라도 보낼걸.

오장군   먹쇠더러 천오백 세구 나서 또 천오백 셀 동안만큼 더 자라고 일러주세요. (퇴장하며) 꽃분아야! (무대 뒤에서 멀어져 가며 계속 부른다)

어머니   (그 소리를 멍하게 한참 듣고 있다가 불쑥) 내 아들.

클라리넷 구음 어머니가 퇴장한다. 감자밭의 나무들도 퇴장한다.

제2경 우물가

계속되는 클라리넷과 구음… 같은 태양. 울창한 나무 한 그루가 미끄러지듯이 등장. 꽃분이가 물동이를 이고 손에 커다란 궤짝을 들고 나온다. 무대 가운데에 그 궤짝을 놓자 궤짝은 우물이 된다. 물동이에 물을 길으며 부르는 꽃분이의 노래.

꽃분   퐁퐁퐁퐁
             샘물은 우리 엄마 젖같이
             오줌싸개 오줌같이
             밤이나 낮이나
             퐁퐁퐁퐁 퐁퐁퐁퐁

무대 뒤에서 꽃분이를 부르는 소리가 가까워지더니 오장군이 등장해서 꽃분이 앞에 선다.

오장군   (마지막으로 한 번 더 크게 길게) 꼬옷부운아!
꽃분   니 목소린 언제 들어도 좋구나.
오장군   (다시 한 번) 꼬옷부운아아! 이거 읽어봐.
꽃분   뭔데?…. (읽고 나서 멍해진다)
오장군   난 아마 대포알에 맞아서 죽을라는가 봐.
꽃분   … 군대 간다구 다 죽나 뭐!
오장군   다 죽었잖아, 쇠돌이, 북쇠, 칠보… 그리구 칠월이, 돌쇠….

멀리서 수소 암소가 서로 부르는 소리.

꽃분   우리 지금 당장 결혼하자.

오장군   …?

꽃분   저 나무 뒤에 가서 지금 결혼하는 거야. 니가 군에 가기 전
       에 우리들의 아이를 만드는 거야.

오장군   미쳤니 너!

꽃분   (장군의 손을 잡고 나무 뒤로) ….

요란스러운 까치 소리, 종달새 소리, 얼굴을 돌리는 태양. 나무가
허리를 굽히며 그들을 가려준다. 클라리넷 주자와 구음자가 나무
가까이 가서 사랑을 반주해 주다가 물러간다. 이윽고 두 사람 나
온다. 허리를 펴는 나무.

오장군   (온몸의 여기저기를 긁어댄다)

꽃분   …? 왜 그러니?

오장군   개미들이 들어왔나 봐. (드디어 몇 마리를 붙잡아서 던지며, 그때
       마다) 저리 가!….

꽃분   (함께) 얌체 없는 놈! 나쁜 놈!

오장군   난 그만 가봐야겠어. 군대 가기 전에 감자밭을 더 갈아야
       해. 그래야 나 없는 새 엄마가 덜 고생할 것 아냐.

꽃분   아들일까, 딸일까?

오장군   (가다 말고) 쌍둥일 낳아줘, 아들하구 딸하구…. (퇴장)

꽃분   (멍해 있다가 불쑥) 내 남편.

클라리넷, 구음, 꽃분 퇴장. 나무 퇴장.

제3경 훈련장 A

어둠 속에서 행진하는 군화 소리. 소위 군대식의 힐책하는 소리 "개새끼" "밥통 새끼" "걸레 같은 새끼" "앞으로 가" "뒤로 가" "경례" "눈을 똑바로 떠라" 등등 하사관의 왜가리 같은 소리. 그 중에서도 "번호!" 하는 소리가 한결 크다 "하나, 둘, 셋, 다섯" "다시!" 할 때 무대가 밝아진다. 철조망이 비스듬히 가로 지나가고 있다. 그 앞에 육군이등병 오장군과 분대원이 횡대로 서서 번호를 부르고 있는 중이다. 오장군 이등병이 또 틀렸다.

조교　　야, 너 이리 나와⋯ 너 셈 셀 줄 모르나?

오장군　압니다.

조교　　세어봐.

오장군　하나, 둘, 셋, 넷, 다섯, 여섯⋯.

조교　　그만! 돌아가 새꺄!

오장군　옛!

조교　　밥통 같은 새끼!

오장군　(대열에 끼어들며) 옛!

훈련병들　(웃는다)

조교　　웃지 마! 번호!

또 오장군이 태연하게 "다섯!!". 클라리넷⋯

제4경 훈련장 B

어둠 속에서 교관의 목소리가 들린다.

교관   (목소리만) 이상으로 야간 침투 방법에 대한 강의를 마치겠다. 조교! 라이트!

무대가 밝아진다. 철조망 뒤에 기관총좌가 있다.

교관   저 기관총좌가 공격 목표다. 목표에 이르기까지 세 가지 장애물이 있으리라고 예상하자. 첫째, 지뢰가 묻혀 있을 가능성이다. 다행하게도 지뢰를 피했다고 하자. 둘째, 철조망이다. 철조망에는 으레 경보장치가 돼 있는 법이다. 다행하게도 철조망까지 넘었다고 하자. 셋째, 적의 눈이다. 다행하게도 적의 눈까지 피했다고 하자. 이렇게 되면 가장 완벽한 침투 성공이다. 그러나 실제 전투에선 이런 행운이 있을 수 없다. 대부분의 침투 기도는 조만간 적에게 노출된 채 맹렬한 사격과 폭발하는 지뢰와 철조망의 저항을 받으면서 강행되는 것이다. 그럼 1분대부터 침투 훈련을 실시한다. 침투 도중에 모의 지뢰가 폭발하며, 실제로 기관총 사격을 한다. 그러나 기관총탄은 지상에서 1미터 50 위를 난다. 조교는 기관총 탄도의 높이를 보여 줄 준비를 하라! (조교 2명이 기관총좌 앞에 엎드려서 나무판대기를 든다) 사격! (기관총좌가 불을 뿜자 두 개의 판대기가 1미터 50 높이에서 순식간에 부러진다) 라이트 꺼! (무대가 어두워지자) 1분대부터 전진! (어둠 속에서 기관총성 지뢰 폭발음 이윽고) **빨리빨리** 전진해라!… 야, 저기 꼼짝 않는 놈이 누구야? 야아 임마! 뭘 하고 있어!… 조교, 라이트!

머리를 처박고 와들와들 떨고 있는 오장군 이등병이 보인다.

교관　　조교! 저놈이 누구야? 뭐 포장군? 아, 오장군. 오장군! 너 거기서 뭘 하고 있는 거야?… 사격 중지! 조교 가봐!

조교 2명이 달려와서 오장군 이등병을 내려다본다.

조교A　　임마!
조교B　　이 새끼야!
교관　　발길로 차봐.

조교A 찬다. 조교B 찬다. 무반응. A와 B, 교관 목소리 나는 방향을 향하여 명령을 기다린다.

교관　　한 번 더 차봐!

조교A. B, 다시 한 번씩 찬다. 무반응. 명령을 기다린다.

교관	죽었나?
조교A · B	(함께) 살았습니닷.
교관	걸레 같은 놈! *끄집어내!*

오장군 이등병, 눈을 부릅뜬 채 와들와들 떨며 하반신이 마비되었는지 서지도 못하는 채로 끌려나간다.

교관	라이트 꺼! 훈련을 계속한다. 사격 개시! 2분대 전진하라!

기관총성이 한참 계속된다.

제5경 의무실

청진기를 목에 건 군의관. 학생 티가 가시지 않은 애숭이 인턴. 꽃분이를 닮은 간호장교.

군의관	자네 인턴으로 몇 개월째 근무지?
인턴	일주일째입니다.
군의관	무엇보다도 먼저 병사들의 꾀병을 판별하는 요령을 배워야 한다.
인턴	예.

오장군 이등병이 조교A·B에 부축되어 들어온다.

군의관 (인턴에게 눈짓하고) 거기 앉혀.

조교A 앉지 못합니다.

군의관 엉덩이를 다쳤나?

조교A 아닙니다.

군의관 그럼?

조교A 훈련 도중 갑자기….

군의관 무골충이 됐단 말이지?

조교A 옛.

군의관 내가 앉히지. (뚜벅뚜벅 걸어가서 위협적인 어조로) 당장 앉지 않으면 너의 엉덩일 없애버릴 테다. (조교A·B에게) 앉혀!

조교A·B 오장군을 앉힌다. 앉는다. 조교A·B, 신기하다…!

군의관 노트! (오장군 목을 무례하게 만지더니 인식표를 끄집어내서 읽는다) 군번024378596. 성명 오장군, 계급 이등병, 전직 농부, 교육 정도 고등학교 문맹 퇴치반에 의하여 동기 방학 때마다 3년간 글을 배웠음.

인턴 물어보시지도 않고 어떻게 그런 사실을….

군의관 경험은 최선의 교사다, 카아라일. 노트! 임상 질문. 당시의 상황을 설명하라.

조교A 침투 훈련이 시작되었습니다.

조교B	1분대가 전진했습니다.
조교A	적에게 노출되었습니다.
조교B	기관총 사격, 탄도는 1미터 50센티 높이.
조교A	모의 지뢰 폭발.
조교B	1분대는 계속 전진.
군의관	알았네. 이놈만은 전진을 못 하더란 말이지?
조교A · B	예.
군의관	노트! 진단, 지뢰 폭발음과 기관총성으로 인한 정서적 혼란 및 무능력 상태. (끝났다는 몸짓을 하며 담배를 꺼낸다) 처치는… (불을 붙이며) 훈련을 계속시킬 것. 자주 놀라게 할 것, 놀라지 않을 때까지… (간호장교에게) 에피드린 2cc!
간호장교	(주사를 놓는다)
오장군	(간호장교를 빤히 쳐다보다가) 꽃분아! (하면서 잠에 빠진다)
군의관	굽혀!
조교A · B	(바닥에 눕힌다)
인턴	꽃분이라고 했죠?
군의관	시스터 콤플렉스야. 누이 이름이겠지.

납득하는 인턴. 코를 고는 오장군 이등병. 모두들 잠시 오장군 이등병의 꼴을 내려다보고 있다.

군의관	농부가 틀림없지?
인턴	(끄덕)

모두들 다시 오장군 이등병을 내려다본다. 무대가 어두워지며 오장군 이등병만이 남는다. 멀리서 먹쇠가 뫼에 뫼에 우는 소리가 들려온다.

오장군 (자면서) 꽃분아… 꽃분아….

어느새 꽃분이가 옆에 와 있다.

꽃분 어머나, 너두 이제 제법 군인답구나.

오장군 (줄곧 누워서 눈을 감은 채) 나두 다른 군인들처럼 무섭게 보여?

꽃분 응, 총도 쏴봤니?

오장군 그럼! 오늘은 하마터면 내가 쏜 총알에 내가 맞아 죽을 뻔했단다. 오발을 했거든.

꽃분 어머나!

오장군 내가 보낸 편지 몇 번 받았니?

꽃분 열한 번.

오장군 열두 번째는 내 머릿속에 있다. 읽어줄까?

꽃분 그만둬 받는 쪽이 더 기쁘단다.

오장군 매일 저녁 꽃분이 꿈을 꾼다.

꽃분 같이 자는 꿈?

오장군 너는?

꽃분 나두야.

오장군　어젯밤엔 샘터 옆에서 꽃분이와 나와 나란히 오줌을 쌌단 다. 너는 앉아서 싸구 나는 서서 싸구. 청개구리 두 마리가 우릴 보고 있더라.

꽃분　<u>호호</u>

오장군　히히… (누운 채 이리저리 뒤채면서 웃는다. 한참 웃더니 뚝 그리고 쿨쿨 자다가) 참 우리들의 아인 아직두 소식 없니?

꽃분　며칠 전부터 좀 이상한 것 같애.

오장군　어떻게?

꽃분　뭔가 아랫배에서 자라고 있는 것 같애.

오장군　틀림없다. 너와 내가 만든 아이다. 쌍둥이다. 아랫배를 잘 간수해라. 이불도 꼭꼭 덮어주구.

꽃분　그래 조심할게. (아랫배에 치마를 겹으로 두르고 나서) 그럼 간다.

오장군　잘 가. (하며 스르르 일어난다. 한참 서 있다가 불쑥) 나의 아내. (스 르르 무너지더니 다시 쿨쿨 잔다)

구음… 뒤따르는 클라리넷…

제6경 훈련장 C

인사장교만이 라이트 속에 있다.

인사장교　(여성적) 전 훈련소 본부 인사장교입니다. 오장군 이등병의

27

훈련 연대는 오늘 오전으로 소정의 훈련 과정을 마쳤습니다. 기간 중 오장군의 훈련 성적은 다음과 같습니다. (차트를 넘기며)

사격술 0점

화기 분해법 0점

분대 전술 0점

내무 생활 2점

상벌 사항, 기간 중 상을 받은 적은 없고 두 번의 징계 처분을 받았습니다. 첫 번째 징계 처분은 중노동 2일간, 이것은 오장군 이등병이 장군 전용 변소를 사용하였기 때문입니다. 훈련소장 각하께서는 이날 오장군 이등병 때문에 30분간 변소 밖에서 대기하셨습니다. 훈련소장 각하의 회고담에 의하면, 그 30분 동안, 변소 안에서는 줄곧 흥얼흥얼 주절대는 소리가 들려오더라는 것입니다.

두 번째 징계 처분은 경영창 3일간. 야간수색 훈련 도중에 무단이탈했기 때문입니다. 이날 밤 1개 훈련 연대가 훈련을 중단하고 오장군 이등병의 행방을 수색했습니다. 3시간 후 훈련장에 인접한 어떤 농장에서 젖소와 함께 자고 있는 오장군 이등병이 발견되었습니다. 오장군 이등병의 훈련 연대는 내일 08시 30분, 제5야전군 산하보충대에 수송됩니다. 훈련소에서는 이들 신병들이 일선에 수송되기에 앞서 손톱과 머리카락을 받아둬야 합니다. 이것은 전사자의 시체를 찾지 못했을 경우에 대비하는 조칩니다.

무대가 밝아진다. 인사장교 뒤에 오장군 이등병을 비롯한 신병들이 가위로 손톱을 깎고 있다 오장군 이등병은 발톱을 깎고 있다.

인사장교 빨리 깎아주세요.

병사들 예.

병사A 이럴 줄 알았더라면 손톱을 길러둘 걸 그랬어.

병사B 내가 전사하면 아내와 아들 녀석은 이 때문은 손톱에 대고 절을 하겠구나.

병사A 때를 닦으렴. 나처럼.

병사B 그럴까. (침을 묻혀 닦는다)

인사장교 오장군 이등병! 손톱을 깎으라고 했지 발톱도 깎으라고는 안 했어요.

오장군 손톱도 깎았습니다.

병사B 너 발톱도 절을 받게 할 작정이냐?

병사A 이왕임 나도 발톱을 깎아야겠다.

병사C 나두 그래야겠는 걸.

병사B 나두.

모두 쪼그리고 발톱을 깎는다. 어느새 이들은 말이 없다. 죽음을 생각하고 있는 것이다. 클라리넷. 구음.

인사장교 (느닷없이 앙칼진 어조로) 동작 그만! 차려! 너희들 지금 뭘 생각하고 있는지 안다. 죽음이란 생각할수록 기분 나쁜 놈이다. 그놈을 너희들 머릿속에서 쫓아내기 위해서 오락회를 실시한다. 내가 먼저 한 곡조 뽑겠다.

인사장교 노래한다. 병사들 멍청히 쳐다볼 뿐이다.
클라리넷이 반주를 시작한다. 그러자 여인이 클라리넷을 탁 친다.
여인의 구음이 인사장교의 노래를 방해한다. 클라리넷의 합세…

제7경 감자밭

클라리넷 구음과 함께… 그 밭과 나무와 태양. 엄마가 먹쇠를 몰며 밭갈이를 하고 있다. 태양의 표정이 시무룩하다.

어머니 먹쇠야, 좀 천천히 가다우. 난 장군하군 다르지 않니.
먹쇠 뫼에. (천천히 천천히 간다)

한참 침묵. 밭갈이는 계속 된다. 엄마가 걸음에 맞춰 무의식중에 한숨 섞인 노동요 가락을 구슬프게 흥얼거린다. 처음 한동안은 콧노래로만 흥얼댄다.

어머니 (슬프디 슬프게) 장군아 장군아 내 아들아 내 아들아….
먹쇠 (마치 박자에 맞추듯 슬프게) 뫼에… 뫼에… 뫼에… .

구음자가 그들과 합창한다. 인간과 소의 합창은 마치 상여를 메고 가는 것처럼 보인다.

어머니　(가락을 붙여서) 아이구 허리야. (하며 주저앉는다)

먹쇠　(역시 가락을 붙이며) 뙤에. (주저앉는다)

머리 위로 지나가는 편대 비행음… 꽃분이 등장.

꽃분　어머님!

어머니　오냐. 또 편질 받은 게로구나.

꽃분　네에, 읽어드릴게요. 저도 처음 읽어요. 어머님과 함께 읽으려고 참았죠. (읽는다) "열두 번째 편지. 모두들 안녕하신지 궁금하다."

어머니　녀석, 우리들 걱정은 하지 말라니까.

꽃분　글쎄 말예요. "어젯밤에도 고향 꿈을 꿨단다."

어머니　그렇게 자주 꿈을 꾸면 잠은 언제 자는지….

꽃분　글쎄 말예요. "어머님은 아직도 밭갈이 하시고 계시더라."

어머니　그래애, 네 녀석이 있었더라면 벌써 끝냈으려만….

꽃분　"그리구 꽃분이는 우리들의 아이를 배었다면서 아랫배가 불룩 튀어나왔더라" 어머머!

어머니　미친 녀석! 군대에 가면 개꿈 꾸는 버릇이 고쳐질 줄 알았더니… 어서 다음을 읽어다오.

꽃분　네. "꽃분이가 정말 우리들의 아일 배었는지도 모르겠다는 생각이 든다."

어머니   인석아, 너 정말 실성한 거 아니냐!

꽃분   ….

잠깐 사이.

어머니   꽃분이는 아이가 어떻게 해야만 생기는지 알 테지?

꽃분   어머님두!

어머니   그래 아이란 그렇게 해야만 생기는 거란다. 그렇지 않고
서는 절대로 안 생기는 법이다, 옛날 옛적부터. 어서 다음
을 읽어다오.

꽃분   "여기 의무실에 꼭 꽃분이를 닮은 간호장교님이 계시다."

어머니   개눈엔 똥밖에 안 보인다드니….

꽃분   호호호… "며칠 내로 일선에 나가리라는 소문이다. 오늘
은 이만. 지금부터 불침번이다."

어머니   다아냐?

꽃분   네.

어머니   꽃분아, 그 편지 내게 주련?

꽃분   그러세요. 하지만….

어머니   내 그냥 가슴에 품고 있다가 널 줄게. 괜찮지?

꽃분   그럼요.

잠깐 사이.

어머니	며칠 내로 일선에 나간다고 했지?
꽃분	네.
어머니	일선에 나간다고 다 죽는 건 아니겠지?
꽃분	그럼요.
어머니	물론 죽는 사람도 많겠지?
꽃분	….

잠깐 사이.

어머니	전쟁이 끝날 날은 아직도 멀었다더냐?
꽃분	글쎄요.
어머니	언제고 끝나긴 끝나겠지?
꽃분	그럼요.

잠깐 사이.

어머니	오늘이었으면 얼마나 좋을까.
꽃분	뭐가요?
어머니	전쟁이 끝나는 날이 말이다.

잠깐 사이 비행기 편대음이 들리기 시작한다.

어머니	요샌 비행기들이 더 자주 다니는 것 같지?

꽃분   예.

하늘을 덮어버리듯 하는 편대음, 엄마는 편지를 만지며 꽃분이는 배를 만지며 하늘을 쳐다본다, 한참… 엄마가 눈에 손을 댄다. 꽃분이도 눈에 손을 댄다. 꽃분이는 그 자세로 천천히 퇴장한다. 먹쇠가 엄마에게 다가와서 회초리를 내민다. 엄마 회초리를 들고 맥없이 일어나 밭갈이를 시작, 팬터마임. 엄마가 기진맥진해서 서서히 졸음에 빠진다. 드디어 고삐를 쥔 채 스르르 무너진다. 먹쇠의 전진은 잠시 계속된다. 엄마 손에서 고삐가 빠져나간다. 먹쇠는 한참만에야 엄마가 자고 있는 것을 발견한다. 먹쇠, 살금살금 엄마 옆으로 와서 한참 들여다보더니 관객을 보고 슬프디슬프게 뫼에… 그 바람에 엄마가 놀라며 벌떡 일어난다. 먹쇠, 황급히 뫼에 소리를 그치고 엄마를 눕히고 나서 손으로 또닥거리며 재운다. 그러나 먹쇠의 거친 또닥거림 때문에 오히려 엄마가 또 깨어난다. 먹쇠, 매우 조심스럽게 또닥거려주며 다시 잠에 들게 하고는 관객석을 향하여 소리는 안 내고 뫼에… 먹쇠 혼자서 다시 밭갈이를 하며 낮게 낮게 밭갈이요 가락을 붙여서 뫼에 뫼에….

어머니   (누워서 크게크게 길게길게 한숨…)

엄마의 한숨이 두세 번 반복되는 동안 무대가 어두워지면서 엄마만 조명을 받는다. 꿈이다. 오장군이 나타난다 한참 동안 엄마를 내려다보고 섰다.

오장군	… 엄마… 엄마….
어머니	(천천히 일어나며) 넌 꼭 꿈에만 나타나는구나.
오장군	엄마도 꿈에만 날 찾아오면서….
어머니	한 번쯤 생시에 찾아올 수도 있잖니.
오장군	몇 번을 말해야 알아들어요. 군대에선 휴가증이나 외출증 없인 한 발짝도 움직일 수 없다니깐. 꿈속에서만 아무 증명서 없이 다닐 수 있단 말이야.
어머니	짜증은 내지 말구… 저녁은 먹었니?
오장군	지금은 대낮이란 말이야. 엄마는 지금 대낮에 꿈을 꾸고 있단 말이야.
어머니	참 그렇지.
오장군	(유심히 보고) 엄마 그동안 많이 늙었구나.
어머니	니가 떠난 후로는 하루가 1년이란다.
오장군	엄마 오래 살아야 해.
어머니	니가 돌아올 때까지 만이라도 살아야 할 텐데… 하지만 장군아 난 오히려 이런 생각을 할 때가 더 많단다. 내가 일찍 죽는 만큼 네가 더 오래 살아준다면 얼마나 좋을까 하구 말이야.
오장군	그런 바보 같은 생각이 어딨어.
어머니	하눌님, 정말 그렇게만 해주신다면 지금이라도 당장 죽겠소이다.
오장군	하눌님이 그따위 부탁 들어줄 것 같애?
먹쇠	(소리만) 뫼에.

오장군	이크, 또 집합이군, 엄마 잘 있어.
어머니	아니 왜 갑자기 가겠다는 거냐?
오장군	방금 고함소리가 들렸죠? 그거 집합하라는 소리야.
어머니	인석아 그건 먹쇠가 우는 소리였어. (하는데 먹쇠 울음 소리) 봐, 먹쇠 울음 소리잖니!
오장군	아아… 난 큰소리만 들리문 모두 집합하라는 명령인 것 같아서 말이야. 히히히… 어차피 이젠 돌아가야 해요. 엄마 잘 있어.
어머니	얘얘, 꿈속에서까지 뭘 그렇게 서두르니, 천천히 가려마.
오장군	안 돼요. 군인에겐 한가하게 얘기할 시간이 없단 말이야.
어머니	아유, 얘얘….

어머니, 눈을 감은 채 오장군이 사라진 쪽으로 손을 내밀고 한참 서 있다가 스르르 무너져서 잔다. 잠에 빠진 채 흐느껴 운다. 무대 밝아진다. 집배원B가 등장한다. 역시 키다리다.

집배원B	할머니… 할머니….
어머니	(깨어나서 집배원을 본다. 이내 무관심해지며 꿈속에서 울던 울음을 계속한다)
집배원B	할머니… 할머니….
어머니	(비로소 정신이 들며 집배원을 본다)
집배원B	오장군 씨 어머님이시죠? 우체국에서 왔습니다.
어머니	아유, 우리 아들한테서 편지가 왔구먼.

집배원B　아닙니다. 아드님에게 편지가 왔습니다.

어머니　아들에게요? 아니 누구한테설까? 난 글을 모르니 좀 읽어 주시겠수?

집배원B　그러죠. 징집영장. 제일국민역 오장군 귀하. 병역법 제 몇 조에 의하여 현역으로 징집한다. 몇 월 며칠 몇 시까지 제5지구 집결지에 출두하라. 불응 시는 병역법 몇 조에 의하여 종신형에 처함. 서기 몇천 몇백 몇십 몇 년 몇 월 며칠 제5지구 모병 사령관 서명.

어머니　어디서 들은 적이 있는 것 같은 소리오만.

집배원B　쉽게 말해서 아드님을 군대로 뽑아간다는 통집니다.

어머니　어쩐지! 댁에선 한발 늦었수.

집배원B　늦었다뇨?

어머니　댁보다 한 달이나 먼저 그런 편지를 전하고 가신 나으리가 있었단 말이우.

집배원B　예?

어머니　혹시 우리 아들이 아직도 훈련소에 안 갔을까봐 또 그런 편지를 보냈는진 모르겠소만, 걘 벌써 훈련소로 간 지가 한 달두 더 됐단 말이우.

집배원B　그럴 리가? 아니 그게 정말이십니까?

어머니　(허리춤에서 편지를 꺼낸다) 못 믿겠으면 이걸 보시오.

집배원B　(급히 읽는다) 열두 번째 편지. (이하 간간이 소리를 내며) 모두들 안녕히… 어젯밤에도 고향 꿈을… 어머님은 아직도 밭갈이… 꽃분이가 우리들의 아이를… 아랫배가 불룩 튀어나

와… 지금부터 불침번이다. (할머니와 편질 번갈아보다가 편지를 돌려준다)

클라리넷 연주.

제8경 관료지대

무대에 3각형을 이루며 서 있는 관료A, B, C. 어머니와 꽃분이가 A 앞에 서 있다. A, B, C는 모두 무표정한 관료적 포즈.

관료A　　이런 착오의 원인은 오장군이란 이름을 가진 장정이 한 동네에 두 사람이나 있었다는 데에 있습니다.

어머니　　하지만 얼굴은 영 다르지 않습니까요.

꽃분　　제 약혼자는 황소처럼 몸집이 크고, 오 부자님네 아들은 사슴처럼 날씬한걸요.

관료A　　우리는 징집영장을 잘못 전달한 집배원을 즉시 파면했습니다. 동시에 제5지구모병 사령부에 이 사실을 통보했습니다. 그러나 이 착오에 대해선 오장군 씨도 책임을 져야 합니다.

꽃분　　무슨 책임을요?

관료A　　그는 왜 남의 징집영장을 받습니까?

어머니　　그야 주니까 받았습죠.

관료A 징집영장 뒷면엔 생년월일이 적혀 있습니다. 서기 몇 년 몇 월 며칠이라고. 그것은 오부자 아들인 오장군 씨의 생년월일이지 댁의 아드님인 오장군 씨의 생년월일이 아닙니다.

어머니 나으리들께서 아들의 생일을 잘못 적은 줄로만 알았겠습죠.

관료A 지번도 적혀 있었습니다. 124번지는 오 부자네 번지고, 할머니네 번지는 125번집니다.

어머니 …? 언제부터요?

관료A … (어처구니없다는 뜻의 침묵) … 아가씨, 할머닐 모시구 모병 사령부에 가보십시오. 소개장을 써드리겠습니다. (메모지를 꺼내서 몇 자 적고 봉투에 넣어 건넨다. 엄마와 꽃분이가 B에게로 옮겨가는 것을 지켜보다가) 오장군이란 이름의 어디가 좋아서 두 놈이나 그 이름을 쓴단 말인가.

관료B 우리 모병 사령부가 발부한 두 개의 징집영장은 완전무결했습니다. 우체국에서 그런 얘길 안 하던가요?

꽃분 우체국에선 여길 가보라고 하셨어요. 여기서 해결해줄 수 있을 거라구요.

관료B 우리 모병 사령부로선 즉시 군에 잘못 입대한 댁의 아드님에게 징집영장을 반환하도록 요구하는 문서를 발송했습니다. 그것은 댁의 아드님인 오장군 씨가 아닌 다른 오장군 씨에게 전달되어야 할 영장이니까요.

어머니 그럼 그 잘못 받은 영장을 되돌려드리기만 하면 제 아들도 되돌아오겠네요?

관료B 글쎄요. 우리로선 그 질문에 대해서 대답해드릴 입장이 못 됩니다. 육군 당국에 소개장을 써드리죠. (어머니와 꽃분이가 C에게 옮기는 동안) 우리로선 오장군이란 이름을 세 사람이 나누어 가졌더라도 상관없어. 생년월일과 지번을 정확하게 기입만 하면 되는 거야.

관료C 육군 당국은 이런 착오에 대비하기 위해 장정 집결지에서 인적사항을 재확인합니다. 조사에 의하면 오장군 이등병은 장정 집결지에서 생년월일과 주소 번지를 확인했을 때 한마디의 부인도 하지 않았습니다.

어머니 (신경질적으로) 제 아들은 남이 물으면 무턱대고 예예하는 버릇이 있답니다. 원체 순해 빠져서요.

관료C 우리 육군 당국이 잘못한 게 없다는 걸 인정하시는 거죠?

꽃분 우린 다만 그이를 되돌려주시길 원할 뿐이에요.

관료C 알았습니다. 하지만 남 대신 육군에 잘못 입대하였다는 사실과 일단 군번을 받은 육군 이등병이라는 사실과는 전연 별개의 문제임을 이해하시기 바랍니다. 오장군 씨가 남의 영장으로 입대하였다면 그는 당연히 육군에서 추방되어야 합니다. 그러나 현행 육군 규정에는 군번을 받은 병사를 남 대신 입대하였다는 이유로 제대시키는 절차가 명시되어 있지 않습니다. 우리는 곧 새로운 육군규정을 제정하여야 할 필요를 느낍니다. 육군규정을 제정하기 위해선 시간이 필요합니다. 전시라 모두 바쁩니다. 육군규정

제정위원들이 한자리에 모이기가 어렵다는 겁니다. 제네럴 최를 아시죠? 제네럴 최를 모르세요! 우리 동쪽나라의 가장 뛰어난 군사 전략갑니다. 그분은, 어제 저녁 며느님이 쌍둥일 낳았다는 전보를 받고도 너무 바빠서 절반밖에 읽지 못했습니다. 그래서 나머지는 제가 읽어드렸습니다. 하하하. (뚝 그치고) 아무튼 최선을 다해서 신속히 처리하겠습니다.

꽃분　며칠 전에 편지가 왔는데 곧 일선으로 배치될 거라더군요.

어머니　훈련소로 간 지 한 달밖에 안 됐는데두요.

관료C　일선에서 사상자들이 예상외로 급증하기 때문에 신병 훈련 기간을 부득이 단축했습니다.

꽃분　일선으로 가기 전에 처리해주세요.

관료C　최선을 다하겠습니다.

어머니　오오, 장군아 운수 나쁜 장군아, 내 아들아.

꽃분, 엄마를 한 손으로 감싸고 한 손으로는 자기 배에 손을 댄다. 엄마를 부축하며 천천히 퇴장.

관료C　오장군, 다섯 개의 장군, 다섯 개의 별, 파이브스타아… (자기 계급장에 손을 대본다)

클라리넷…

제9경 일선으로 가는 길

위장한 장갑차에 앉아 흔들리고 있는 병사들. 길이 험하다. 언덕, 내리막, 시궁창, 자갈길 병사들은 흔들리며 몰리며 한다.

병사A   운전수! 운전수1

운전병   운전병이라고 불러!

병사A   운전병!

운전병   님을 붙여! 난 일등병이다

병사A   운전병님!

운전병   왜?

병사A   좀 얌전히 몰아줄 수 없습니까?

운전병   … (더 거칠게 운전) ….

병사들, 한참 이리저리 쏠린다.

병사A   오장육부가 다 뒤집혔다.

병사B   엉덩이가 다 문드러졌다.

병사C   머릿속에 자갈이 들어찬 것 같다.

잠시 침묵.

오장군   (졸고 있다가) 소잔등이 젤 편하지.

한참 더 난폭운전.

운전병　(차를 급정거시키고 내리면서) 모두 내려서 오줌을 싸라.

병사들 모두 내린다.

병사A　아직 멀었습니까?
운전병　20킬로 남았다
병사B　어, 오줌이 샛노랗네.
병사C　나두!

병사들 일제히 거기를 내려다보며 갖가지 포즈로 오줌을 눈다.

운전병　천천히 한 방울도 남기지 말고 싸버려. 최일선에 도착해서 너무 놀라 갖구 바지에 흘리지 않도록….

사이 멀리 포성.

병사A　어, 포 소리가 들린다.

점점 커지는 포 소리, 클라리넷…

제10경 동쪽나라 사령관실

커다란 상황 지도 그 앞에서 정보참모가 브리핑 중이다.

정보참모 또한 공중 정찰에 의하여 적의 포병부대들이 일제히 10 킬로 이상 전방으로 이동하였음을 확인하였을 뿐 아니라, 방어진지 구축 작업을 중단하고 연일 침투 훈련만을 계속하고 있음을 확인했습니다. 이상의 여러 정보 자료를 종합 판단컨대, 1. 적은 아군이 공세를 취할 능력이 없다는 것을 알고 있음이 확실하며, 2. 적이 일주일 내에 우리를 공격할 것이 확실하며, 3. 적이 공격할 시, 그 주공 방향은 제4군단 전면임이 확실합니다.

사령관 으음, 제4군단 담당 지역이야말로 우리들의 최대 취약 지역임을 적이 알고 있다니.

정보참모 ….

사령관 정보참모, 귀관의 정보 보고에는 적의 사령관이 나보다 훨씬 유능한 정보참모를 거느리고 있다는 사실이 빠져 있다.

정보참모 ….

사령관 작전참모.

작전참모 예.

사령관 (나가서 설명하라고 턱으로 지시)

작전참모 정보참모의 정보 판단대로 적이 반격 작전을 감행할 것이 확실하다면 아군은 B선으로 철수할 것을 건의합니다. B선에서라면 그 유리한 지형상의 이점이 우세한 적의 전력을 크게 상쇄시켜 주리라고 판단합니다.

사령관 현 진출선에서 방어 작전을 펼 때 아군의 손실은 어느 정도일 것으로 예상하는가.

작전참모 2개 사단이 소모될 것입니다.

사령관 B선에서 현 위치까지 진출하는 데 1개 사단 병력이 소모됐다. 우리가 B선으로 철수했다가 다시 현 위치까지 진출하려면 또 다시 1개 사단이 소모될 것이다. 게다가 B선에서 방어를 한대도 또 1개 사단은 소모된다. 그럴 바에는 차라리 현 위치에서 2개 사단을 소모하길 원한다.

작전참모 하지만 B선에서 방어하면 현 진출선에서보다 훨씬 더 적의 손실을 극대화시킬 수 있는 이점이 있습니다.

사령관 난 한 번도 전선에서 후퇴한 적이 없다. 아니 꼭 한 번 있었지. 지난번 어깨를 부상당했을 때… (어깨를 들썩이고 얼굴을 찡그리면서) 이놈의 어깨 상처는 꼭 암캐의 꼬리 같단 말이야. 자기 이름을 부르기가 무섭게 요사를 떨거든… (단호하게) 현 전선을 고수한다. 지금부터 각급 지휘관에게 후퇴하는 장병을 즉결 처분할 수 있는 권한을 부여한다. 1주일 후면 우리 야전군 산하에 2개 신설 보병사단과 1개 기병연대, 그리고 1개 중포병 여단이 추가된다. 그때까지 우리는 현 위치에서 적의 공격을 견디다가 반격으로 전환한다. 정보참모만 남고 해산.

참모들 나간다. 긴 사이.

사령관   … 적이 공격 작전으로 나오면 우린 일거에 유린당할 거
야. 그렇지?

정보참모   ….

사령관   따라서 내 결심은 아주 무모해. 그렇지?

정보참모   ….

사령관   전쟁은 도박이야. 난 지금 도박을 하려는 거야. 도박에선
끗발이 높다구 반드시 이기는 게 아니야. 세 끗밖에 안 쥔
놈이 팔땡 쥔 놈의 기를 죽이는 수가 있지. (지그시 본다)

정보참모   사령관 각하께선 역정보 공작을 암시하고 계십니까?

사령관   맞았네. 적이 우리 능력을 과대평가하도록 역정보 공작을
해서 적으로 하여금 공격 계획을 포기하게 하는 거다. 나
는 이 역정보 공작의 성공을 전제로 하고 현 전선을 고수
하겠다고 결심했던 거야.

정보참모   하지만 역정보 공작이 성공하리라는 보장은….

사령관   성공을 확신하는 것. 승리만을 생각한다는 점에 있어서
도박사와 군인은 서로 닮았지. 더욱이나 이 도박은 밑져
야 본전이야. 실패했을 경우에 우리는 단 한 명의 역정보
공작원을 잃을 뿐이지.

정보참모   ….

사령관   …. 유능한 정보장교로 하여금 적에게 자연스럽게 붙잡히
고 저들이 포로 심문을 할 때 그럴듯한 거짓 정보를 늘어

놓게끔 공작을 꾸미게.

정보참모   알았습니다.

사령관   (어깨를 만지면서 턱으로 나가라고 한다)

정보참모   (나간다)

사령관   전속부관!

전속부관이 들어온다

사령관   내 어깨를 주물러 줄 병사를 골라 봤나?

전속부관   예. 오늘 도착한 신병 가운데에 고릴라처럼 힘이 센 놈이 있었습니다.

사령관   그래! 어서 들여보내게.

전속부관   예. (나간다)

사령관   (어깨를 주무르며 의자에 앉는다)

오장군 나타난다. 너무 긴장해서 마치 뻗정다리처럼 걷는다.

오장군   (사령관에게서 멀리 떨어진 곳에 우뚝 서더니 번개같이 손을 올리고 소리를 질러댄다) 육군 이등병 오장군, 사령관 각하의 어깨를 주물러드리러 왔습니다. (목소리가 갈라져서 무슨 뜻인지 알아들을 수 없다)

사령관   음, 이름이 뭐랬지?

오장군   오장군입니다.

사령관　오장군?

오장군　옛!

사령관　음. 오장군이라?

오장군　(오해하고) 옛!

사령관　… (싱긋 웃고) 이제부턴 큰소리 지르지 않아도 돼. (어깨를 손짓하며) 부탁하네.

오장군　옛! (뻗장다리 걸음으로 사령관 뒤로 가서 주무르기 시작한다)

사령관　(대번에 신음 소리를 낸다. 오장군의 손 기운이 너무 센 것이다) 으음… 고향이 어딘가?

오장군　까치골입니다.

사령관　가족은?

오장군　엄마뿐입니다.

사령관　보고 싶겠군.

오장군　옛! (코를 쿨적 들이마신다. 엄마 생각이 왈칵 난 것이다)

사령관　아버지는 언제 돌아가셨나?

오장군　제가 세상에 태어난 지 1년하고 닷새 만입니다. (또 코를 쿨적)

사령관　어머님 나이는 몇인가?

오장군　환갑하구 두 살입니다. (목소리가 울먹해진다)

사령관　군인 정신이 전혀 안 들었군.

오장군　옛.

사령관　(어처구니없다. 사이) … 군대에 들어온 지가 얼마나 됐지?

오장군　한 달허구 나흘쨉니다.

사령관	어떤가. 군대 생활 해보니.
오장군	….
사령관	상관이 질문하면 즉시, 명확하게 대답해야 한다.
오장군	… 무, 무섭습니다.
사령관	뭐가?
오장군	다 압니다. 무섭지 않은 것은 하나도 없습니다.
사령관	겁쟁이군.
오장군	옛.
사령관	(어처구니없다) … 너 같은 군인답지 않은 군인은 처음 본다. 그만하고 내 앞에 서봐.
오장군	옛. (사령관 앞으로 가서 선다)
사령관	(한참 말없이 본다)
오장군	(부동자세로 잔뜩 긴장한 채 서 있다. 손가락이 긴장을 이기지 못해서 까딱거리고 있다)

정보참모가 들어온다.

사령관	(오장군에게) 전속부관에게 가 있게.
오장군	옛. (고함) 육군 이등병 오장군 용무 마치고 돌아갑니다. (번개같이 경례를 하고 홱 돌아서 너무 급히 돌아서 균형을 잃고 휘청이며 나간다)
정보참모	(서류를 내밀며) 역정보 공작에 투입할 장교의 인사기록입니다.

사령관 (물리치며) 내가 직접 선발했네. 방금 나간 병사에 대해 귀 관은 너무 무관심하더군.

정보참모 그 병사를….

사령관 영감을 주는 얼굴이야. 그 얼굴을 보는 동안 난 또 하나의 도박을 생각해 냈다. 아니, 이건 도박이랄 수도 없지. 아무 리 유능하고 강직한 정보장교를 역정보 공작에 투입한다 고 해도 위험률은 매우 높다. 적의 정보장교들도 바보는 아닐 테니까… 그 병사로 하여금 자신이 역정보 공작에 이용되고 있다는 것을 전혀 모르는 채 적에게 포로가 되 도록 꾸미는 거야. 이제부터 참모회의 때마다 그 병사는 내 어깨를 주무르면서 나와 함께 브리핑을 받게 된다. 물 론 그 브리핑 내용은 모두 거짓이지. 그 거짓 브리핑 내용 은 그 병사가 적에게 포로가 되었을 때 고스란히 적에게 제공되는 거야. (정보참모를 지그시 본다)

클라리넷…

제11경 동쪽나라 사령관실

사령관과 정보참모, 수색중대장이 그들 앞에 서 있다.

사령관 적은 공격을 앞두고 아군에 대한 보다 광범하고 정확한 정보를 수집하기 위해서 아군 장병을 사로잡으려고 혈안이 돼 있다. 수색 중대장은 적의 관측소에서 잘 보이는 곳에 그 겁쟁이 병사를 팽개쳐놓고 돌아오기만 하면 되는 거다.

중대장　그곳에 혼자 남겨놓고 오면 도망할 텐데요.

사령관　도망하는 데도 최소한의 용기는 필요한 거다. 또 다른 질문은?

중대장　없습니다.

사령관　그럼 그 병사를 불러들일 테니까, 시니리오대로 잘 해보세. 전속부관, 오장군 이등병을 들여보내게.

전속부관　(밖에서) 옛.

사령관　정보참모는 눈에 안 띄는 게 좋겠군.

정보참모　예.

정보참모가 퇴장하고 오장군이 들어온다,

오장군　육군 이등병 오장군, 사령관 각하의 어깨를 주물러드리러 왔습니다.

오장군, 여전히 뻗장다리 걸음으로 사령관에게로, 중대장은 오장군을 착잡한 시선으로 주시하고 있다 오장군은 사령관에게 다가가면서 손가락을 폈다 접었다 한다. 준비 운동이다.

사령관　오늘은 잠깐만 주물러도 돼. 너무 힘도 주지 말고.

오장군　옛.

긴 사이.

사령관　오늘 아침두 배부르게 먹었나?

오장군　옛, 3인분 먹었습니다.

긴 사이.

사령관　어젯밤에도 고향 꿈을 꾸었나?

오장군　아닙니다. 어젯밤엔 꾸지 못했습니다. 그 대신 오늘 아침 고향에서 온 편지를 받았습니다.

사령관　음 기뻤겠군.

오장군　(대답 대신 콧소리를 쉬익 낸다… 주저하다가) 그런데 각하, 그 편지에 이 육군 이등병 오장군이 같은 동네에 사는 오 부자네 아들인 오장군 대신 군에 잘못 들어왔다고 씌어 있는데 그럴 수가 있습니까?

사령관　무슨 뜻인지 모르겠군.

오장군　예. (순하게 수긍하며) 저도 무슨 뜻인지 통 모르겠습니다. 각하.

긴 사이.

사령관   (수색 중대장에게) 참 수색 중대장, 어제 수색 작전에서 몇 명이나 잃었지?

중대장   전사 5명, 부상자 11명입니다.

사령관   으음.

사이.

사령관   오장군 이등병.

오장군   옛.

사령관   매일같이 많은 장병들이 최일선에서 죽고 다치고 하는데 자네가 하는 일이란 내 어깨를 주무르는 것뿐이니 민망하지 않나?

오장군   옛 각하. 하지만 전 총 쏠 줄 모르니까 어깨나 주무르고 있어야 합니다. 전 총을 쏘려는 생각만 해도 가슴이 막 두근거립니다. 그래서 훈련소에서 사격 훈련할 때마다 교관님들이나 조교님들이 이렇게 말씀하셨습니다. "이 병신 같은 놈아 총알이 아깝다."

긴 사이.

사령관   수색중대장, 이 병사를 수색중대에 데려다가 군인답게 단련시켜줘야겠네.

오장군   (흠칫 놀란다)

중대장 각하, 수색중대엔 당장 제 몫을 할 수 있는 용감하고 기민한 병사가 필요합니다. 저런 겁쟁이는 오히려 거추장스럽고….

사령관 (막으면서) 오해 말게. 수색중대에 아주 전속시키겠다는 게 아니구, 당분간만 맡아서 군인다운 담력을 길러줬으면 하는 거야. 최일선에서 고생한 적이 없는 병사에게 내 어깨를 주무르게 하는 것도 불만이구.

중대장 알았습니다.

사령관 오장군 이등병두 방금 내가 한 말 들었겠지?

오장군 (울상) 옛 각하. (소리가 들릴락말락)

사령관 (중대장에게) 그만 돌아가도 좋아.

중대장 옛, 저 겁쟁이는 언제 보내시겠습니까?

사령관 지금 데려가도록 하게.

중대장 알았습니다. 그럼 이만 돌아가겠습니다. (경례하고 오장군에게) 날 따라와.

오장군 (중대장을 뻔히 보며 사령관의 어깨를 마구 주물러대고 있다 사령관의 결심이 변경되기를 기대하는 것이다)

사령관 (비로소 오장군을 뒤돌아보며) 따라가기 싫은가?

오장군 (울상) 옛, 각하.

사령관 겁내지 말구 따라가. 중대장은 아마 너에게 위험한 임무는 주지 않을 거다 넌 내게로 다시 돌아와서 내 어깨를 주물러야 할 병사니까.

오장군 (그냥 계속 주물러댄다)

사이.

사령관   (거역할 수 없는, 냉엄한 낮은 음성으로) 그만해.

오장군   (멈칫)

사령관   … 따라가.

오장군, 비참한 표정으로 기다리고 있는 중대장에게로 간다.

사령관   (부드럽게) 다시 불러들일 거야. 잘 가게. 오장군 이등병.

오장군   (울먹이며) … 안녕히 계십시오 각하. (하며 돌아선다)

사령관   오장군 이등병, 경례하는 걸 잊었어.

오장군   (급히 돌아서서 경례를 붙인다)

사령관   (받는다)

오장군과 중대장 퇴장. 사령관, 잠시 오장군이 사라진 쪽에 동정적인 시선을 보낸다. 정보참모가 들어온다. 사령관 뒤에 겸손하게 서서 함께 오장군이 사라진 쪽을 본다. 사이.

사령관   … 나를 감상적으로 만든 유일한 병사. 나는 여지껏 수만 명을 죽이고 부상시켰는데… 저 병사더러 내 어깨를 좀 더 주무르게 내버려둘걸 그랬어.

정보참모   ….

사이.

사령관　(무표정하게, 마치 억양이 없는 어조로 글을 읽듯이) 저 병사를 다시 불러와, 저 병사를 다시 불러와. (정보참모를 돌아보며) 움직이면 안 돼!

클라리넷….

제12경 숲(A)

어둠 속에서 고함소리가 들린다.

중대장　(소리) 선임 하사관, 저 겁쟁이를 전초진지에 데려다가 팽개치고 와, 거기서 혼자 밤을 새노라면 담력이 조금은 길러질 거야.

상사　(소리만) 옛. 가자. 이 밥통아!

무대 약간 밝아진다. 괴이한 숲. 상사와 오장군이 관객 쪽을 향해 엎드려 있다.

상사　날이 밝으면 널 다시 데리러 올 테다. 그럼 떠나기 전에 임무 및 주의사항을 일러주겠다. 1. 앞쪽에서 무슨 소리가 나거나 뭐가 나타나면 즉시 "암호". 대답이 없으면 그냥 갈겨버려. 앞쪽에서라는 걸 잊지 마. 뒤쪽은 아군이니까. 알았나 밥통아!

오장군   옛.

상사   2. 절대로 담배를 피지 말 것. 담뱃불은 4킬로 밖에서도 보인다. 그런데 적은 2킬로 전방에 있다. 알았나, 밥통아!

오장군   예.

상사   3. 이하는 생략이다. (오장군의 어깨를 툭 치면서) 그럼 내일 새벽에 다시 만나자. (포복하면서 되돌아가다가 참, 암호를 안 가르쳐 줬군. 오늘밤 암호는 "아가씨" "궁뎅이"다. 아가씨, 궁뎅이, 한 번 외워봐 밥통아.

오장군   아가씨, 궁뎅이.

상사   다시 한 번.

오장군   아가씨, 궁뎅이.

상사   밥통 새끼! 간다 그럼. (포복해 되돌아가다 말고 갑자기 엉덩이를 들며) 어우우! 쌍놈의 암호 때문이야! (남근이 아픈 것이다)

상사가 퇴장한 한참 후까지도 오장군은 그냥 떨고만 있다. 갑자기 괴조를 연상시키는 높고 긴 새소리.

사이.

여우 소리.

사이.

부엉이 소리.

사이.

사자 소리.

사이.

마지막으로 이때까지의 분위기와는 어울리지 않게 아주 귀엽고 명랑한 방울새 소리. 긴 사이.

오장군   (비로소 꼼지락거리며 담배를 꺼낸다) 참, 아까 상사님이 담배에 대해서 뭐라고 말씀하셨던 것 같은데…. (갸우뚱하다가 포기하고 담뱃불을 붙인다)

그 순간, 전방에서 소리가 들리면서 서쪽나라의 포병 관측소가 라이트 속에 나타난다.

관측A   적 발견, 좌표, C의 2445, 1256.

관측B   잠깐, 적을 발견 시는 먼저 정보 참모부에 보고하라는 명령이야. (하며 수화기를 들고 보고하는 몸짓)

서쪽나라 관측장교B가 수화기를 드는 순간에, 상사, 수색중대장, 정보참모, 사령관이 라이트 속에 나타난다.

상사   저 밥통 새끼, 절대로 담배는 피지 말라고 단단히 일렀는데.

사령관   (죽여버릴 듯한 표정으로 홱 돌아보고 나서) 만약 저 담뱃불 때문에 오장군 이등병이 포격을 받아 죽으면 (손가락으로 세 번 격발 흉내를 내면서) … 너희들도 모두 죽어야 한다.

관측B   (수화기를 놓으며) 정보 참모부에 맡기라는군.

오장군은 여전히 떨며 담배를 뻐끔거리고 있다. 긴 사이.

사령관   졸고 있는 모양이군, (큰소리로 셋을 돌아보며) 적의 포병 관측소 놈들이 말이야…. (담배를 꺼내 문다. 정보참모가 재빨리 불을 붙여준다)

긴 사이 오장군의 전방에서 나무 다섯 그루가 살금살금 걸어온다. 오장군, 한참 동안 모르고 있다가 기척을 느끼고 굳어버린다. 나무들도 멈춰 선다. 사이.

오장군   … (낮게, 떨며) 아, 아가씨!

나무A   (음산한 쉰 목소리로) 궁뎅이!

오장군   (흠칫하며 두리번거린다) … 분명히 대답 소리가 들렸는데….

사이. 오장군이 다시 담뱃불을 붙이려 한다. 나무들이 다시 움직인다. 오장군 또 기척을 느끼고 굳어진다. 나무들 멈춘다. 사이.

오장군 … 아가씨이….

나무A 궁뎅이이…. (이번에는 가냘픈 여성의 목소리)

오장군 (흠칫하며 두리번거린다)

사이 오장군, 벌벌 떨며 담배를 빤다. 나무A가 느닷없이 오장군의 총을 밟아 서고 B, C, D, E가 오장군을 둘러싼다. 오장군은 너무 놀라서 소리도 못 내고 그냥 멀거니 올려다볼 뿐이다 나무B의 기둥 속에서 손이 불쑥 나오더니 담배를 빼앗는다. 오장군, 나무 B를 멀거니 올려다본다. 나무C의 기둥에서 손이 불쑥 나오더니 오장군의 오른뺨을 갈긴다. 오장군, 그쪽으로 시선을 옮긴다. 나무E가 발길로 걷어차려다가 나무A에게 제지당한다.

나무A 그만해!

나무A, 쓰고 있던 나무를 벗어버린다. 서쪽나라 정보장교이다. 나무B에서 중사, 나무 C에서는 하사, 나무D에서는 병장, 나무E에서는 상병이 나온다.

오장군 누, 누굽니까 댁들은?

중사 궁뎅이랬잖아!

모두   (웃는다)

정보장교   몸을 수색해!

중사   예, 일어서!

오장군   ….

상병   일어서랬잖아, 이 새끼야! (발길로 걷어찬다)

오장군   (스프링이 튀기듯 벌떡 일어선다)

B, C, D, E가 와락 달려들어서 몸을 뒤지기 시작한다. 매우 재빠르고 치밀하고 능숙하다. 오장군을 꺼꾸로 세워서 긴 자루 털 듯 털어보기까지 한다. 검색을 끝낸 그들은 다음 명령을 기다린다. 장교, 끌고 가라는 몸짓.

상병   (발길로 걷어차며) 가자.

오장군, 상병의 총구에 밀리며 간다. 동쪽나라 사령관 일행은 처음부터 망원경으로 보고 있다.

사령관   (억양이 없는 어조로) 잔인무도한 놈들! 양보다도 순한 병사를 저렇게 거칠게 다루다니!

전속부관이 헌병을 대동하고 급히 등장.

전속부관   각하! 그놈은 사기 입대자입니다.

사령관   (망원경을 떼며) …?

전속부관   오장군 이등병 말입니다 (헌병에게) 체포영장을 읽어 드려.

헌병   (읽는다) 체포영장. 계급 이등병, 군번 024378596, 성명 오
장군, 상기자를 타인의 명의를 도용, 육군에 사기 입대한
혐의로 체포함. 소속 부대장은 즉시 상기자를 임무에서
해제하고 본 체포영장을 제시하는 헌병에게 그 선병을 인
도할 것. 몇 년 몇 월 며칠 육군 총사령관 명에 의하여, 군
법회의 검찰관, 서명.

사이 사령관, 모두를 돌아본다.

전속부관   … 어쩐지 이상하다고 생각했습니다. 그놈은 너무 어리석
고 너무 순진하고 너무 정직하고 너무 겁쟁이였습니다.

정보참모   그러고 보니 놈은 오히려 대담무쌍한 놈이었습니다. 아까
숲에서 태연히 담배를 피워댄 것을 보아도… 놈은 적이
침투시킨 첩보공작원임에 틀림없습니다. 담뱃불은 사전
에 약속한 귀환신호였습니다.

헌병   각하, 혐의자로 하여금 즉시 임무에서 해제하고 그 신병
을 인도해주시기 바랍니다.

사령관   (갑자기 폭소를 터뜨린다) 하하하… 이제야 알겠군, 오늘 아침
오장군 이등병이 말한 얘기의 뜻을… 하하하….

클라리넷…

제13경 서쪽나라 포로 심문실

정보장교와 오장군이 조그마한 책상을 가운데 놓고 마주앉아 있다. 사병들이 뒤에서 대기하고 있다.

정보장교 심문에 앞서 너에게 보여줄 것이었다. 네가 만약 나의 질문에 거짓 대답을 했을 때는 지금부터 벌어지는 광경과 꼭 같은 고통을 당할 것이다. (사병들에게 눈짓)

중사가 공중에서 내려온 밧줄을 잡아당기자 바닥에 누워 있던 인형 군인이 그 줄을 따라 올라서 허공에 거꾸로 뜬다. 하사가 몽둥이를 들고 와서 그 인형을 갈긴다. 인형이 얻어맞을 때마다 병장과 상병이 인형 군인의 비명을 대신 해준다. 인형은 얻어맞을 때마다 맑은 종소리 혹은 바가지가 부서지는 소리를 낸다.

정보장교 그만!… (냉랭하게) 알겠나?

오장군 (겁에 질려서 대답 대신 침을 꿀쩍 삼킨다)

정보장교 좋아. 그럼 시작하겠다. 군번은?

오장군 (빨리 대답하려고 덤비는 나머지 더듬대며) 024 (뚝 그치고) 024 (또 뚝 그치고 당황한다. 겁에 질려서 잊어먹은 것이다 허공에 매달린 인형을 흘끔거리며) 024… 378576….

정보장교 … 이름은?

오장군 오, 오장군입니다.

정보장교　…? 오장군이야, 아니면 오, 오장군이야?

오장군　오, 오장군 아니 오… 오… 오장군입니다.

정보장교　요컨대, 오장군이란 말인가?

오장군　예.

정보장교　군에 들어오기 전에 뭘 했지?

오장군　가, 감자밭을 갈고 있었습니다.

정보장교　…?!

중사　이 새끼 너….

정보장교　(제지하고 조용히) 다시 묻겠다. 군에 들어오기 전에 무얼 했지?

오장군　감자밭을 갈고 있었습니다.

정보장교　… 요컨대, 농부였단 말인가?

오장군　예.

정보장교　현재 소속은?

오장군　제5 야전군 사령부 직할 수색중대 1소대 1분댑니다.

정보장교　현 소속 전입일자는?

오장군　오늘입니다.

정보장교　오늘? 그전 소속은?

오장군　제5 야전군 사령부 사령관실입니다.

정보장교　(놀란다) … 다시 말해봐.

오장군　제5 야전군 사령부 사령관실입니다.

정보장교, 벌떡 일어난다. 그 바람에 오장군도 반사적으로 벌떡 일어선다. 정보장교, 구석으로 가서 손짓으로 중사를 부른다.

정보장교　(속삭이듯) 정보참모님에게 우선 중간보고를 해야겠다. (급히
　　　　　나간다)

　　　　　중사, 서 있는 오장군을 꽉 눌러 앉힌다. 오장군 겁에 질린 시선
　　　　　으로 중사를 올려다본다. 무대 암전. 어둠 속에서 "차렷" 하는
　　　　　구령이 들리면서 무대가 다시 밝아진다. 정보장교 이하 전원이
　　　　　무대 바깥쪽을 향해 차렷 자세로 서 있다. 서쪽나라 사령관이 참
　　　　　모들을 대동하고 들어온다. 그들의 뒤에서 사병들이 의자를 하
　　　　　나씩 들고 들어와서 사령관과 참모들의 뒤에다 받쳐준다. 사병
　　　　　들 나간다. 사이.

사령관　결론만 간단히 말해.

정보장교　옛, 포로 심문 결과, 우리는 적의 전투력을 실제보다 엄청
　　　　　나게 과소평가하고 있었음이 밝혀졌습니다. (차트를 넘기고)
　　　　　이것은 아군이 지금까지 파악한 적의 전투력과 포로 심문
　　　　　결과 밝혀진 적의 실제 전투력과의 비교표입니다. 보시는
　　　　　바와 같이 아군 전면의 적은 3개 보병사단과 1개 포병여
　　　　　단뿐인 줄 알았는데, 4개 보병사단과 1개 기병사단, 2개 포
　　　　　병여단임이 확인되었습니다. (모두 웅성거린다. 차트를 넘기며)
　　　　　이것이 포로 심문 결과 추가로 확인된 적의 전투 서열입
　　　　　니다.

사이.

정보장교 질문을 받겠습니다.

참모A 포로의 진술 내용에 대한 신빙도는 어느 정도인가?

정보장교 포로는 군사 지식이 전혀 없는 무식한 농부 출신의 신병입니다. 따라서 그는 자기가 듣고 본 사실을 과장할 능력이 전혀 없습니다. 오히려 그의 저능한 기억력으로 인하여 실제로 보고 들은 것 중에서 빠뜨린 것이 많으리라고 봅니다.

사령관 대위의 견해에 전적으로 동감이다. 돼지같이 미련하게 생긴 놈이야. 대위, 참모들에게도 그 병사를 보여주는 게 좋겠다.

정보장교 옛.

정보장교, 무대 옆으로 나간다. 참모들 주시한다. 정보장교가 다시 오고, 뒤이어 오장군이 어마어마하게 호위당하며 들어온다. 오장군은 겁에 먹혀 버려서 쭉정이가 됐다. 안정을 잃은 눈이 참모들을 쾡하니 바라본다, 사령관, 손짓으로 퇴장시키라고 지시한다. 오장군 일행이 나가자 사령관이 일어선다.

사령관 우리는 하마터면 적의 계략에 빠질 뻔했다. 적은 그들의 전투력을 우리가 과소하게 평가하게끔 교묘하게 속여왔다. 적은 우리가 그들을 과소평가한 나머지 방어진지 구축을 소홀히 할 것을 기대했던 것이다. 적은 우리가 공격을 취하도록 유인, 전투력을 소모시키고 적당한 시기에 일대 반격으로 전환할 계획이었던 것이다… 공격 계획을 취소한다. 각 단위대는 즉시 현 위치에서의 방어 계획을 수립함과 동시에 방어진지 구축에 전력을 다할 것을 명령한다.

참모들 기립한다. 사령관 나간다. 참모들 뒤따라 나간다.
클라리넷…

제14경 서쪽나라 포로 심문실과 총살 형장

어둠 속에서 오장군의 비명 소리, 때리는 소리… 무대 밝아진다. 오장군이 거꾸로 매달려 고문을 받고 있다. 사령관이 들어온다. 뒤에 참모A가 따라 들어온다.

사령관   그처어! (모두 차렷자세) 어서 내려놔!

매달렸던 오장군이 재빨리 내려진다. 오장군, 뻗어버린다.

사령관   (정보장교에게 다가가서 말채찍으로 마구 갈겨대고 나서) 쓰레기 같

은 놈! 넌 이 장교에 비하면 발톱의 때만도 못 하다는 생
각이 안 드냐? 어서 의자로 모셔!

정보장교. 중사와 함께 오장군을 재빨리 안아 일으켜서 의자에 앉
히고 나서 양쪽에서 받쳐준다. 긴 사이. 기절했던 오장군이 정신을
차린다. 사령관이 손수 물주전자에서 물을 따라준다. 오장군, 그것
을 순하게 받아 마시더니 갑자기 엉엉 울어댄다.

사령관   … 이제 연기는 그만하지, 귀관의 임무는 끝났으니까 귀
관 덕분에 적은 시간을 벌었고 우리는 공격할 기회를 놓
쳤네… 귀관의 진술이 거짓이라는 것을 우리는 오늘에야
알았지… 제발, 이제 연기는 그만하라니까… 귀관의 진짜
이름은 뭐며 진짜 계급은?

오장군, 더 크게 엉엉 소리를 낸다. 그는 똑같은 질문에 너무 시달
려 이제 그냥 울음이 앞서는 것이다.

사령관   (한참 동안 감탄의 시선으로 바라보다가 참모A를 구석으로 데리고 가
서) … 그에게서 무엇이든 알아내려는 건 어리석은 짓이
야. 여섯 시 정각에 총살을 집행하도록.

참모A   예.

사령관   단, 총살집행 때 사령부 전 장병을 집합시켜서 그에게 경
의를 표하게 할 것.

참모A   예.

사령관 퇴장. 참모들이 뒤따른다. 무대 그 상태에서 정리되고 총살
대가 정렬하고 들어온다. 헌병들이 그때까지도 울고 있는 오장군
을 부축해서 나무기둥에 붙들어맨다. 헌병장교, 검은 수건으로 그
의 눈을 가리고 가슴에 표적판을 붙인다.

헌병장교   ··· 마지막으로 할 말이 있으면 말하라.

오장군   (하늘을 향해 혼신의 힘으로) 엄마야··· 꽃분아··· 먹쇠야···.

긴 사이. 헌병장교, 사령관을 본다 사령관, 그대로 집행하라고
손짓.

헌병장교   사격 준비!

오장군   (또다시 혼신의 힘으로) 엄마야··· 꽃분아··· 먹쇠야···.

헌병장교   사격!

일제 사격. 오장군, 머리를 떨군다. 헌병장교, 권총으로 확인 사살
한다.

사령관   (참모A를 돌아보며) 그는 죽음까지도 연기로 장식했다. (흉내)
엄마야아, 꽃분아아, 먹쇠야아··· 아무리 무식한 시골뜨기
라도 그보다 더 시골뜨기를 닮을 수는 없을 거야.

사령관, 오장군에게 경례를 한다. 모두 그를 따른다.

구음과 클라리넷의 합창.

제15경 오장군의 집 마당

영현 하사관이 유골 상자를 들고 들어온다. 그 앞에 엄마와 꽃분이와 먹쇠.

영현하사관 (전사 통지서를 읽는다) 나, 동쪽나라 제5야전군 사령관은 더할 수 없는 슬픔으로 육군 일등병 오장군의 장렬한 전사를 통지합니다. 오장군 일등병은 그 애국심과 군인 정신에 있어서 온 동쪽나라 군인의 으뜸이었습니다. 오장군 일등병이 남긴 유언은 단 한마디 "동쪽나라 만세에!"였습니다. 서기 몇 년 몇 월 며칠. 동쪽나라 제5 야전군사령관. 서명.

어머니 아니 그럼 내 아들 장군이가 이 속에 들어가 있단 말이요?

명현 아드님의 시신은 적지에 있기 때문에 모실 수가 없습니다. 그 대신 일선에 나가기 전에 깎아두었던 머리카락과 손톱을 넣어 가지고 왔습니다.

어머니 (유골 상자의 뚜껑을 열어본다) … (그 속을 들여다보는 자세대로 움직이지 않고) 오오 장군아 내 아들아아….

꽃분 (배를 만지면서 꼿꼿이 선 채) 장군아아, 우리 애기 아빠야아….

먹쇠 (하늘을 쳐다보며 숨이 다할 때까지 길게길게) 뫼에에에에….

감자밭과 우물가에 서 있던 나무들이 운구하는 의장병의 발걸음을 흉내내면서 마당으로 들어선다. 먹쇠는 길고 긴 곡성을 반복하면서 마치 상주인 양 나무들을 맞이하고 엄마와 꽃분이를 달래듯 하는 몸짓을 하기도 한다.

구음이 시작된다. 한순간, 클라리넷이 한결 높게 끼어든다. 그것을 신호로 모든 동작이 정지된다. 다시 구음과 클라리넷을 따라 움직이면서 천천히 퇴장한다. 무대 어두워진다. 구음과 클라리넷은 어둠을 향하여 한참 더. 칠흑….

클라리넷 주자와 구음자가 의자를 등에 메고 무대를 가로지른다. 무대 중앙에 서서 칠흑을 잠시 보고, 동정을 구하듯 관객석을 쳐다본다. 두 사람, 다시 천천히 퇴장한다. (1974)

한국 희곡 명작선 159

오장군의 발톱

초판 1쇄 인쇄일   2023년 11월 20일
초판 1쇄 발행일   2023년 11월 29일

지 은 이   박조열
만 든 이   이정옥
만 든 곳   평민사
           서울시 은평구 수색로 340 〈202호〉
           전화 : 02) 375-8571 / 팩스 : 02) 375-8573
           http://blog.naver.com/pyung1976
           이메일   pyung1976@naver.com
등록번호   25100-2015-000102호
ISBN   978-89-7115-129-7   04800
           978-89-7115-663-6   (set)
정   가   8,000원

이 책은 사단법인 한국극작가협회가 한국문화예술위원회의 2023년 제6회 극작엑스포
지원금을 받아 출간하였습니다.

한국 희곡 명작선